Visions

PAR

JULES de CUVERVILLE

Octobre 1893

VISIONS

POÈME PATRIOTIQUE

PAR

JULES DE CUVERVILLE

QUI DEVAIT ÊTRE

DIT PAR L'AUTEUR AU THÉATRE DE TOULON

EN L'HONNEUR DE L'ESCADRE RUSSE

OCTOBRE 1893

VISIONS

Il n'y a plus d'azur au ciel..... de gros nuages ont voilé la lumière, emportant les rêves d'été..... et devant les présages sombres, les sourires se sont envolés..... bien au loin — comme les hirondelles !

— De l'Océan jusqu'aux cimes neigeuses, le grand vent de guerre a soufflé..... et l'amour est devenu haine.

Les passions endormies ont bouillonné sous l'haleine brûlante..... et la nature bouleversée frissonne comme pour fuir les soulèvements qui la déchirent.

Les jours tristes sont venus.

L'horizon reste noir..... mystérieux comme les éclairs qui le sillonnent..... taché de rouge comme le sang qui coule.

C'est l'orage des batailles..... l'heure incertaine où chacun attend — et souffre..... car malgré les luttes glorieuses, l'avenir plein d'espérance, bien des larmes seront versées !

— Quand la terre tremble sous les armées..... que dans l'air passent de brusques rafales chargées d'angoisse..... le douloureux frisson pénètre bien au delà des frontières ravagées !

— C'est l'heure où dans la plaine immense — sous le toit solitaire..... comme dans la chaumière de la falaise, les âmes s'unissent aux absents qui meurent. Mères ou épouses, quoique séparées par des mondes, sont les mêmes dans la souffrance..... leurs prières ne peuvent changer et les pleurs de l'une atteignent le cœur des autres quand l'épreuve a frappé.

Dieu seul connaît ces pauvres prières perdues, car dans la mêlée sanglante le destin reste implacable..... et toujours la mort marque du sceau fatal ceux que l'on ne doit plus revoir !

Mais qu'importe !.... Les pleurs de la mère, les regrets de la fiancée sont vite oubliés dans le tourbillon de poussière rougie !

— Quand l'alarme jette son appel frémissant à travers la terre à défendre, le cœur des braves ne sait pas faiblir.

Alors..... sans une pensée amère pour les tombes qui s'ouvrent, on quitte le foyer joyeux..... Sous le sifflement de la mitraille, l'éclair des baïonnettes, au milieu des corps qui se tordent avec des cris de rage et de douleur !.... le riche et le pauvre, le puissant et le faible marchent les mains unies..... comme nos *Trois couleurs !*

Sous l'or ou sous la laine les cœurs sont égaux !

C'est là cette égalité sacrée que Dieu seul donne — avec la Patrie !

— Et lorsque l'ouragan de fer creuse au-dessus de l'herbe souillée..... que la chair hurle sous les trouées terribles..... le soldat d'un jour s'affaisse dans une fraternité glorieuse, contre le vétéran qui râle l'agonie, le grand de la vie croule sous le misérable..... et tous tombent sans regrets..... le front en avant et toujours fier..... car..... mourir pour le devoir...... c'est vivre !.....

. . . .

. . . .

Nos cœurs connaissent ces images douloureuses..... ces champs de gloire et de souffrance.

C'est le vallon..... dont les coteaux fendus n'ont même plus d'échos pour la plainte des blessés..... l'herbe ne pousse plus sous les mares de sang — la terre fertile est devenue cimetière.

On n'entend plus de doux murmures..... le ruisseau est torrent et le torrent gronde..... charriant les corps entrelacés, vomissant le mélange des sangs !

— C'est l'étendue infinie de la plaine !..... Le silence s'est fait. Au milieu des débris rouges les cadavres s'entassent et leurs bras crispés semblent menacer le ciel qui les a pris trop tôt !.....

Mais ils ne se débattent plus..... l'agonie a passé..... les étoiles brillent au-dessus de la moisson lugubre.

— C'est encore..... la forêt avec ses clairières sanglantes. Bien des mystères planent sur la verdure dévastée !

Et dans l'ombre..... comme après l'orage, tout dort !

. . . .

. . . .

Ce sont là des évocations déjà lointaines ! Bien souvent elles ont traversé la brume de nos souvenirs..... et leurs traces sont restées comme nos morts..... éternels !

Mais voici que de nouveau le cœur se serre ainsi qu'à ces heures terribles..... Voici que la forêt, le vallon et la plaine se remplissent de fumée et de sang. Dieu s'est encore retiré..... la masse humaine se déchire.

Voici que sur les routes défoncées, les balles crépitent comme des grêlons d'orage.

La clameur monte..... hurlant la joie ou la douleur..... semant au fond des horizons l'espoir ou les tristesses de la lutte.

C'est l'heure suprême !

. . . .

Et sous les nuées livides, au-dessus de l'héroïsme qui succombe, Dieu soulève le voile mystérieux.

L'inconnu s'éclaire..... et à travers la lueur indécise, le cœur vibre à la vision qui passe.....

C'est encore un champ de mort..... c'est celui de l'avenir !

L'égorgement a cessé avec l'obscurité..... mais la terre reste rouge sous la lune blanche. La nuit d'agonie commence.

Au milieu de l'amoncellement des corps, on n'entend qu'un vague murmure de feuillage..... ou d'âmes qui partent..... Et parmi ceux qui souffrent, un blessé se soulève....., Ses mains tremblantes soutiennent sa pauvre tête meurtrie. C'est presque un enfant..... un de ceux qui malgré des joies bien chères ont choisi la patrie..... et préféré mourir !

Il essaye de percer les ombres qui l'entourent..... mais ses yeux sont voilés. Sa raison s'égare et demeure inquiète.....

Est-ce donc le sommeil qui engourdit comme cela ?

Il ne voit plus les tentes du bivouac..... mais un ciel qui étouffe..... et de grandes clartés rouges.

Les feux du camp ne brillent pas ainsi.

Pourquoi l'a-t-on laissé dans cette solitude..... ces ténèbres..... avec tous ceux-là..... étendus près de lui et qui semblent dormir ? C'est un songe !.....

Ses doigts pressent le front où les pensées s'échappent..... et un instant le cœur s'arrête !.....

Ses mains sont rouges..... c'est du sang..... partout du sang !.....

Alors il se souvient !

Le sommeil au bivouac..... le rêve..... c'était hier ! Aujourd'hui..... on s'est battu !

Il revoit la poussée horrible..... la poudre qui éclate, le bondissement des chevaux, les crânes qui jaillissent, les sabres qui s'enfoncent..... tout un tourbillon fou de cris, de râles et de prières !.... puis..... rien !....

Un nuage l'a terrassé !

Il souffre cruellement..... sa poitrine brûle..... est-ce qu'il va mourir ?....

Et ses yeux errent avec effroi sur les corps déjà raidis.

Oh !.... être bientôt ainsi..... avec des yeux vitreux !.... avoir été plein de vie et s'effondrer dans l'abîme..... être cadavre !

C'est affreux !.... Mais non..... on recueille les blessés sur les champs de bataille..... à vingt ans on ne doit pas mourir..... Dieu ne le voudrait pas..... c'est si doux de vivre quand on a souffert !....

Et l'enfant s'attache à l'espérance..... il supplie le ciel sans étoiles, et la voûte sombre le fait frémir !

Au milieu des ombres inertes on l'a cru mort peut-être !.....

Ah ! il faut qu'on vienne..... qu'on l'enlève d'ici ! Il veut fuir cette nuit qui l'angoisse..... ces regards mornes qui l'épouvantent !

— Et dans sa gorge contractée il cherche le souffle..... il gémit..... il implore de l'aide !

Mais la plaine demeure silencieuse.

Soudain..... il tressaille :

Là-bas l'obscurité s'est embrasée..... des lueurs d'incendie alternent avec des grondements sourds..... des villages brûlent.....

Et malgré ses souffrances, le blessé se tait..... son œil hagard s'illumine..... il écoute.

Il reconnaît la foudre..... celle qui l'a déchiré.

Là..... on se tue encore !..... Mais..... ce combat..... c'est peut-être le secours..... c'est la vie pour lui !..... c'est l'ennemi aussi.

L'ennemi ! A cette pensée ses plaintes cessent..... la chair se tait, le héros s'est redressé !

Il se rappelle.

Là..... près du cœur..... au milieu des linges sanglants qui gardent la vie qui s'échappe..... il a mieux que la vie :

C'est l'honneur !

le drapeau qu'on lui a confié comme aux braves et qu'il serre fiévreusement !

C'est lui qu'il faut sauver..... il le sait..... il l'a juré quand — sous les éclairs rouges — l'officier est tombé en lui criant :

A toi conscrit !

..... Et le conscrit veut vivre..... vivre pour l'arracher à l'ennemi qui revient.

Ensuite il saura mourir!...

Et dans la nuit sa voix se fait suppliante..... il crie le secours, il appelle la France..... comme l'enfant qui meurt et qui demande sa mère !

.   .   .   .   .   .   , ...

.   .   .   .

(On entend au loin un hymne de guerre.)

.   .   .   .

Est-ce le ciel qui parle?..... a-t-il pitié de sa prière.....

Ce chant !..... (il écoute).

Il le connaît..... son cœur l'a entendu..... là-bas..... autrefois..... aux heures d'allégresse !

Non..... ce n'est pas un rêve..... ce sont eux..... c'est la délivrance..... la patrie vient à lui sous le drapeau ami!

Le sol s'ébranle..... les morts frémissent..... les bataillons s'avancent apaisant les fureurs qui tombent..... la foudre se tait.

Sous la nuée lumineuse l'étendard se déroule comme une aurore de paix,..... envoyant au blessé le rayon qui console.

Et le visage s'éclaire..... il renaît à la vie.

Ah! il ne veut plus mourir..... il repousse l'agonie..... il tend vers les alliés le lambeau déchiré.....

Et le ciel s'incline sous son cri d'espérance :

Amis..... en avant..... Vive la France!

DUMOULIN
ET·C·IE
AGE·QUOD·AGIS
RUE
DES·GRANDS
AUGUSTINS·5
IMPRIMEURS
PARIS   PARIS

21